29 avril 1903

Vente du Mardi 29 Avril 1903

ESTAMPES

PEINTURES DESSINS

Me MAURICE DELESTRE
5, rue Saint-Georges

M. LOYS DELTEIL
22, rue des Bons-Enfants

CATALOGUE

D'ESTAMPES

ANCIENNES

EAUX FORTES MODERNES

LITHOGRAPHIES

PEINTURES DESSINS

Gravures en lots

Dont la vente aura lieu à Paris

HOTEL DROUOT, Salle N° 9

Le Mercredi 29 Avril 1903, à 2 heures précises

Par le Ministère

de Mᵉ MAURICE DELESTRE, Commissaire-Priseur

5, rue Saint-Georges

Assisté de M. LOYS DELTEIL, Artiste-Graveur-Expert

22, Rue des Bons-Enfants.

CONDITIONS DE VENTE

Elle sera faite au comptant.

Les acquéreurs paieront *dix pour cent* en sus des prix d'adjudication.

M. LOYS DELTEIL remplira les commissions que voudront bien lui confier les amateurs ne pouvant y assister; il se réserve, en outre, la faculté de diviser ou de rassembler les lots.

MM. les amateurs pourront visiter les estampes et dessins *isolés, 22, rue des Bons-Enfants*, les *Lundi 27* et *Mardi 28 Avril*, de 10 heures à 4 heures.

En raison du nombre de dessins encadrés et de l'importance de certains numéros, l'ordre numérique ne sera pas rigoureusement suivi.

ALIX (P.-M.)

1. — Buffon, 1793. Ovale petit in-fol. Très belle épreuve avant la lettre, *impr. en couleurs.*

2. — Helvétius, *avant la lettre.* — Montaigne. Deux pièces *impr. en couleurs.*

AUTOGRAPHES

3. — Autographes anciens et modernes, Parchemins, Minutes, etc. Un fort lot.

BOILLY (D'après L.)

4. — La Douce résistance. — *On la tire aujourd'hui.* Deux pièces, par Tresca, faisant pendants. Belles épreuves, une sans marge.

BONHEUR (Rosa)

5. — Bergerie, 2 épreuves. — Étude de Taureau. Trois lithographies originales. Très belles épreuves.

BONHEUR (D'après Rosa)

6. — Le Labourage. — Dans les Prés. — La Famille. — Souvenir de Fontainebleau, etc. Quarante-quatre lith. par J. Laurens, Gilbert, Soulange-Tessier, plusieurs doubles.

BRESDIN (Rodolphe)

7. — L'Armée romaine (A. B. 23) In-8. Très belle épreuve sur chine fixé. Très rare.

8. — Le taillis d'arbres (A. B. 39). In-4. Très belle épreuve sur chine. Très rare.

9. — Sainte-Famille (A. B. 54). In-4. Belle épreuve sur chine. Rare.

10. — Repos de la Sainte-Famille, paysage 1865. In-8 en largeur. Très rare.

11. — La Cascade, 1884 (A. B. 57). In-fol. Très belle épreuve sur chine. Très rare.

12. — Scène orientale, 1866. Eau-forte *non décrite*. Petit in-fol. Fort rare.

13. — Le Rendez-vous de chasse, scène du moyen âge, 1869. Eau-forte *non décrite*, une des deux épreuves connues.

14. — Une Ville. — Le Paysage au cavalier blanc. Deux eaux-fortes in-4. Très belles épreuves. Très rares.

BRUNET-DEBAINES (A.)

15. — Vestiges du Pont-Marie, 1872. In-fol. Très belle épreuve sur chine.

BRUYN (Nicolas de)

16. — Jésus présenté au peuple. Grand in-fol. Belle épreuve.

CARICATURES

17. — Caricatures sur Charles X et Louis-Philippe. Trente pièces.

18. — Caricatures. — Scènes de Mœurs. — Robert Macaire pl. 1, etc. Quarante pièces par Daumier, Gavarni, Monnier et autres.

19. — Caricatures diverses, la plupart sur Louis-Philippe. Cinquante pièces.

20. — Caricatures politiques, par Daumier, Cham, Vernier. Quatre-vingt cinq pièces.

21. — Scènes de Mœurs, par Daumier, Monnier, Pigal, etc. Cent pièces.

CHARLET

22. — Sujets divers. — Paysages. Soixante pièces.

CHARLET-DEVÉRIA

23. — Aux Armes citoyens! — Scènes diverses. — Costumes. — Alfred de Vigny. Onze pièces.

CHAUVEL (Théophile)

24. — Lisière de bois, d'après Th. Rousseau (L. D. 102). — L'Abreuvoir, d'après Troyon (111). Deux lithographies. Très belles épreuves sur chine.

COLINET

25. — La Comtesse de Boufflers assise au pied d'un arbre. Belle épreuve, tirée en deux tons.

COPIA (L.)

26. — Le Maréchal ferrant de la Vendée, d'après Sablet. Très belle épreuve *avant la lettre.*

COSTUMES

27. — *Partie des Campagnes de Louis Quinze*, suite de six curieuses pièces par *Moithey père*. Belles épreuves, coloriées, à toutes marges. Rare.

28. — Imagerie militaire : Costumes militaires Français de 1840 environ à 1848. Quatorze très curieuses pièces in-fol., coloriées. Rares.

29. — Imagerie militaire : Garde impériale (1852-1870). Vingt-deux curieuses pièces, coloriées.

30. — Costumes militaires Français du 1er et du 3e Empire et de la Restauration. Dix-sept pièces par Raffet et Lalaisse, plusieurs coloriées.

30bis. — Costumes militaires Russes. Douze pièces par Levachez, Jazet et Swebach. Belles épreuves.

DAUMIER (Honoré)

31. — Scènes de mœurs. Trente-quatre pièces gravées par Ch. Maurand pour le *Monde Illustré* (1861-1868). Superbes et très rares épreuves tirées à part sur chine volant.

DELACROIX, DIAZ, TASSAERT, etc. (D'après)

32. — Sujets divers et paysages. Quarante lith. par J. Laurens. Soulange-Tessier, Aubert. Très belles épreuves.

DIVERS

33. — Sujets divers. Dix-sept estampes et dessins.

34. — Sujets gracieux. Quatorze p. par Ruotte, Prud'hon fils, et autres.

35. — Sujets divers. — Paysages, etc. Soixante-douze pièces, un certain nombre en épreuve d'artiste sur *parchemin*. Ce numéro pourra être divisé.

EAUX-FORTES

36. — Tête de Bacchante. — Salomé. — Souvenir de Venise. Quatre eaux-fortes par Carolus-Duran, E. Boilvin et Rajon. Epreuves avant la lettre.

37. — La Partie de cartes, d'après P. de Hooch. — Femme d'Alger, d'après Delacroix. — La Confession, d'après H[lle] Bowne. — Mme Lenoir. — Quatre eaux-fortes par L. Flameng, Waltner, Courtry, Salmon et deux héliogravures d'après Rembrandt.

38. — *Waiting for the boats*, par Lionel Smyth. — *The Harvest Moon*, par Macbeth. — Vaneuse, par Kratké, d'après J. Breton. — Filles à marier, par Spinelli, etc. Douze pièces in-folio en épreuve d'artiste, la plupart sur *parchemin*.

39. — Sujets divers et paysages. Vingt p. par Th. Rousseau, Jacque, Daubigny, Courtry, etc.

39bis — Sujets divers et paysages. Quarante-cinq pièces par Buhot, Ribot, Van Marcke, Rassenfosse, J. L. Brown, Decamps, Daubigny, Delacroix, Knopff, Fortuny, etc.

40. — Société Française des Amis des Arts, albums des années 1893, 1894 et 1895, soit ensemble vinq-cinq pièces (manque 2 pl.) par Ach. Jacquet, Le Couteux, Maurou, Massard, etc., en 3 portefeuilles.

41. — Sujets divers et paysages. Deux cents pièces d'après Prud'hon, Delacroix, Rousseau, Corot, Millet, etc., par Rajon, Boilvin, Hédouin, Laguillermie, etc.

ÉCOLE ANCIENNE

42. — Sujets de la Bible. — La Nuit, etc. Trente-trois petites pièces par Penez, Aldegraver et Stephanus.

43. — Sujets religieux et mythologiques. — Scènes de genre. Vingt-huit pièces par Visscher, Le Clerc, Durer Bellange, etc.

ÉCOLES FRANÇAISE ET ANGLAISE

44. — La marchande de lait, par Clermont, d'après Boucher. — Ruine romaine, par Chapuy, d'après Perney. —

Portrait de femme, par Corbutt, d'après Reynolds. Trois p. imp. en couleurs ou coloriées.

45. — *Credulous Lady and Astrologer.* — Têtes de femmes. Trois pièces par Scoromodoff et Maucler.

46. — Soir. — Le Contrat. — Le Verrou. — Les Plaisirs interrompus. — La balançoire mystérieuse. — Piété filiale. Six pièces in-folio, d'après Fragonard, Lavreince, Greuze.

47. — Sujets gracieux, six sanguines par Demarteau et Bonnet, d'après Boucher. — Vignettes, deux eaux-fortes pures par Malbeste et Lingée, d'après Touzé, soit huit pièces.

47bis — Scènes en forme de frises. Huit pièces par Janinet, Ridé, etc., plusieurs *avant la lettre.*

48. — Les Cerises. — Le Verrou. — Le Raisin, etc. Dix pièces d'après Fragonard, Ang. Kauffmann et autres.

49. — La Gimblette. — La Sortie du bain. — Les Amants surpris. — La Comparaison. — Le Billet doux. — Le coup de vent, etc. Vingt pièces d'après Fragonard, Boucher et autres.

50. — Sujets divers et paysages. Vingt-deux pièces d'après Huet, Cochin, Greuze, Perney, etc., plusieurs imp. en couleurs.

EDELINCK (Gérard)

51. — Poisson (Raimond), d'après J. Netscher (R. D. 299). Belle épreuve.

FANTIN (H.)

52. — Compositions pour les Œuvres musicales de Wagner, dix lithographies d'une suite de 14. Belles épreuves sur chine.

GAUTIER

53. — Forlenze (A.), chirurgien-oculiste, d'après Vallin. Très belle épreuve, *impr. en couleurs.*

GAUTIER (Lucien)

54. — Abraham et les Anges, d'après Rembrandt, 2 états. — Napoléon, d'après Meissonier. — Venise, d'après Ziem. Paysage, d'après Corot. Cinq pièces in-folio, en épreuves d'artiste, deux sur *parchemin.*

GAVARNI

55. — Sujets divers. Soixante-dix-huit pièces.

56. — Œuvres nouvelles : Les Bohêmes. — Propos de Thomas Vireloque. — Messieurs du feuilleton. — Les Lorettes vieillies, etc. Cent soixante-neuf lithographies en 2 vol. (Tome 2 et 4), cart. d'édition.

57. — Œuvres choisies de Gavarni, 520 sujets, Paris, 1864. — Les Douze mois, Paris, 1869, 2 recueils, le second, relié.

GÉRARD (D'après Mlle)

58. — L'Heure du rendez-vous, par H. Gérard. Belle épreuve.

GÉRICAULT

59. — Chevaux. Quatorze pièces.

GOENEUTTE (Norbert)

60. — La Bergerie. Très belle épreuve d'artiste, sur *parchemin*, avec *remarques*, signée.

GRASSET (Eugène)

61. — La Femme pensive. — La Femme à l'album. Deux pièces gr. in.-fol., impr. en couleurs. Très belles épreuves d'artiste, une *signée.*

GREUZE (D'après)

62. — La Cruche cassée, par Massard. Epreuve rognée, encadrée.

GROUX (Henry de)

63. — Retraite de Russie. — Emile Zola. Deux pièces, la 1re encadrée.

INGRES

64. — Odalisque, 1825. Lithographie originale. Belle épreuve.

JANINET (J.-F.)

65. — L'Agréable négligé, d'après P. A. Baudouin. Belle épreuve imp. en couleurs (petites taches).

66. — Actrices dans divers rôles : Mlles Arnould. Raucour, Maillard, Dugazon, St-Huberti, etc. Onze pièces in-8, impr. en couleurs.

LAURENS (Jules)

67. — Sujets divers et Paysages. Trente-et-une lith., d'après Delacroix, Tassaert, Diaz, Daubigny etc. Très belles épreuves sur chine.

LAW (David)

68. — Venise la nuit. Eau forte grand in-fol. Superbe épreuve d'artiste, signée.

LE NAIN (D'après)

69. — L'Ecole champêtre, par J. Daullé, 1758. In-fol. Superbe épreuve.

LITHOGRAPHIES

70. — Sujets divers et Paysages. Quarante-cinq pièces par J. Laurens, Aubert, etc., d'après Rousseau, Tassaert, Delacroix et autres. Très belles épreuves.

71. — Sujets divers, par Decamps, Vernet, L. Robert, Devéria, Raffet, Delacroix, etc. Cinquante pièces.

72. — Sujets religieux et divers. Quatre-vingt-six lith. in-fol., par Soulange-Tessier, Aubert et autres d'après divers maîtres.

73. — Planches pour le *Voyage dans le Levant*, par le Comte de Forbin, 1819. Huit pièces par Debucourt et cent-trente lithographies par Isabey, Baltard, Constant Bourgeois, C. et H. Vernet, Granger, etc.

LUTMA (JANUS)

74. — Lutma (Janus), père. — Lutma (J.), fils. — Hooft (P. C.), 1681. Trois pièces. Très belles épreuves. Rares.

MANET (EDOUARD)

75. — Le Gamin, lithographie (H. B. 60). Belle épreuve sur chine.

MANIÈRES NOIRES

76. — Le Divertissement de la Jeunesse (Les enfants du Prince de Turenne). — L'Etat païsan. — Amusement de la Jeunesse. — Chasses. Sept pièces d'après Drouais, Ridinger, Pyle. Belles épreuves.

MARTINET (A Paris chez)

77. — Acteurs et actrices dans divers rôles. Trente-neuf pièces coloriées, la plupart par Maleuvre.

MEISSONIER (D'après)

78. — Meissonier en franc-tireur, à cheval, et sculptant. — Le siège de Paris. — Défilé de Nancy. — Joueur de guitare. Neuf pièces par Jacquemart, Lalauze, Gilbert. épreuves d'artiste.

79. — La Chanson, par Henri Vion. Douze superbes épreuves d'artiste, sur parchemin, avec *remarque*, signées.

80. — Le Joueur de guitare, par A. Gilbert. Trois très belles épreuves d'artiste, sur japon, chine volant et fixé, signées.

81. — Le voyageur, par T. de Mare. In-8. Trente-trois superbes épreuves d'artiste sur parchemin.

MILLET (D'après J.-F.)

82. — La Bergère. — L'Angélus. — Les Glaneuses. — Les Moutons. Six pièces par Lesigne, Bertaud, etc., en épreuves d'artiste.

MONNET (D'après Ch.)

83. — La Promenade du Printems. — Les Richesses de l'Été. — Les Présents de l'Automne. — Les Soirées d'Hyver. Suite de quatre pièces in-fol., par Aug. Le Grand. Belles épreuves, *imp. en couleurs*.

MULLER, ROBBE, SUNYER, VILLON

84. — Au Cabaret. — Au Moulin-Rouge. — Les Enfants autour du piano. — Liseuses. — Le lever, etc. Dix pièces impr. en couleurs, signées. Ce numéro pourra être divisé.

NANTEUIL (Célestin)

85. — Décors pour le Bal d'Alex. Dumas, 1833. Très belle épreuve sur chine. Rare.

NAPOLÉON (La Princesse Charlotte)

86. — Sites d'Italie. Douze lithographies, plusieurs exécutées en collaboration avec Léopold Robert. Belles épreuves. Très rares.

NAPOLÉON (Estampes relatives à)

87. — Portraits. — Batailles. — Allégories et Caricatures relatives à Napoléon Ier et à Napoléon III. Soixante pièces, plusieurs rares.

PARIS (Estampes relatives à)

88. — Théâtres Italien et de l'Odéon, par N. Ransonnette. — Vues diverses, par Gaitte et autres. Dix pièces.

PIÈCES HISTORIQUES

89. — Distribution des Aigles, par G. Malbeste, d'après Isabey, 1811. In-fol. Epreuve non terminée.

PORTRAITS

90. — Bourbon (Éléonore de). — Portrait d'homme. Deux p. par J. Wierix.

91. — Necker : Allégorie, *L'Ecusson de la République de Genève indique le lieu natal de l'illustre Necker.....* (chez Bergny), rare. — Le Compte rendu. — Necker, par Levachez. Trois pièces, belles épreuves.

92. — Personnages Russes : Pierre Ier. — Catherine II. — Catherine (Gr Dsse). — Elisabeth (Psse). Cinq pièces par Mécou, Langlois, Mme Fauchery, deux coloriées.

93. — Pélissier (Mlle). — Le Couvreur (Adrienne). — Seine (Cath. de). — Lescot (Mlle). — Provence (Cse de). — Graffigny (Mme de). Six pièces par Drevet, Daullé, Duhamel, etc.

94. — Neyen (J.). — Maugis (Cl.). — Aymon Premier. — Narni (R. P. H.). — Ferdinand II. — Kneller (G.). — Flinck (G.). — Bloemaert (A.). — Colvi (A.). — Catz (Jacob). — Bugenhag (I.). Onze pièces par Vorstermann, J. Muller, Blooteling, Mellan, etc. Belles épreuves.

95. — Cagliostro. — Diderot. — d'Alembert. — Quinette. — Lally-Tolendal. — Gensonné, etc. Vingt portraits (XVIIIe siècle).

96. — Portraits divers, la plupart anciens. Quarante-cinq pièces.

97. — Portraits anciens et modernes. Soixante-dix pièces.

97bis. Portraits divers, la plupart anciens. Cent pièces.

RAFFET (AUGUSTE)

98. — Combat d'Oued-Alleg (H. G. 82). Belle épreuve sur chine.

99. — La Revue nocturne (H. G. 420). Très belle épreuve du 2e état sur chine.

100. — Carré enfoncé. — Conquête de la Hollande. — Ordre du jour. — Demi-bataillon de gauche... — Constantine (Marche sur), etc. Huit pièces. Belles épreuves.

RECUEILS

101. — Fêtes célébrées à Amsterdam pour le Mariage de Guillaume, Prince d'Orange, avec Sophie-Wilhelmine de Prusse, 1768. — Amsterdam, 1768. — 1 vol. petit in-fol., front. et 14 pl. par S. Fokke.

102. — Fastes de la Nation Française, 3 vol. — Vues de Provins, 1822, avec un texte par M. D. — Le Temple de Gnide, figures d'Eisen, réimpression. Ensemble cinq vol. in-8 et in-4.

103. — François Boucher, Lemoyne et Natoire, texte par Paul Mantz, Paris, Quantin, s. d. 1 vol. in-fol. contenant de nombreuses illustrations, cart. d'édition.

REDON (ODILON)

104. — Songes, suite de six lithographies dans la couverture de publication. — Brunehilde. — Serpent-auréole. — Allégories. Ensemble treize pièces sur chine.

REMBRANDT VAN RIJN

105. — Joseph racontant ses songes Belle épreuve.

REYNAUD (F.)

106. — Question difficile, d'après Kuehl. In-fol. Trente superbes épreuves d'artiste sur parchemin, avec *remarque*.

ROPS (F.)

107. — Ma Grand'tante (E. R. 158). Très belle épreuve retouchée, signée.

SAINT-AUBIN (d'après Aug. de)

108. — La Tendresse maternelle. — La Sollicitude maternelle. Deux pièces par Sergent, Phelipaux et Morret, faisant pendants. Très belles épreuves, impr. en couleurs.

SILVESTRE (ISRAEL)

109. — Profil de la Ville de Paris. Très belle épreuve.

SPORTS (Estampes sur les)

110. — Estampes sur les Sports et la Chasse. Vingt-quatre pièces par divers artistes. Ce numéro pourra être divisé.

THEATRE

111. — Travestissements et Costumes de Bals. Cinquante trois pièces, la plupart par Lacauchie.

112. — Acteurs et actrices dans divers rôles. — Portraits. Cent-trente pièces, la plupart par A. Lacauchie.

TURNER (d'après M. W.)

113. — *Ulysses deriding Polyphemus*, par H. R. Robertson. In-fol. Superbe épreuve d'artiste, avec remarque, sur parchemin, signée.

VALLET (L.)

114. — Collection Guiet : Histoire des Voitures et des Attelages, 20 planches originales en couleurs, Paris, G. Guiet 1896, 20 pl., renfermées sous cart. spécial. Bel exempl.

VERNET (les)

115. — Sujets divers. Vingt-quatre lithographies.

VUES

116. — Vues de Paris et de France anciennes et modernes. Quatre-vingt pièces.

WILLE FILS (d'après P. A.)

117. — *La Galante à Désirs*. — *Retour heureux*. — Le Baiser innocent. Trois pièces par P. Laurent. Belles épreuves.

Peintures, Dessins, Aquarelles

AUDY (J.) et WILLMS (ALB.)

118. — Scènes de Chasse. Trois aquarelles, signées.

BARON (H.)

119. — Un Roman dans le désert, aquarelle. A été gravée de même dimension par Nargeot.

BOTTINI (G.)

120. — Femme étendue sur un divan. A la sanguine.

BRESDIN (RODOLPHE)

121. — Intérieur de l'Atelier de l'artiste. A la plume, lavé d'encre de chine et de sépia.

122. — Le Songe. Dessin exécuté très précieusement à la plume.

123. — Le Combat au milieu des rochers. Beau dessin à la plume signé : *Rodolphe Bresdin*, 1865.

124. — Le triomphe de la Mort. A la plume, lavé d'encre de chine. Signé *R. B.*

125. — Conversation dans la campagne. A la plume, lavé d'encre de chine. Signé : R. B.

126. — Scène de Cannibales. A la plume, lavé d'encre de chine. Signé : R. B.

CANALS

127. — Scènes de cabaret. — Motifs divers. Huit dessins ou croquis rehaussés de pastel ou d'aquarelle, la plupart signés.

CHAM

128. — *Ferrare, 22 Février 1849, pour les frais de l'Église S. V. P.* Au crayon noir.

COLIN (A.)

129. — Portrait d'une jeune Femme. A la mine de plomb. Signé et daté (1828).

DELACROIX (Eugène)

130. — Études d'hommes. Croquis à la plume, portant le cachet de l'atelier du maître.

DELCOURT (Maurice)

131. — Au Bar. Croquis rehaussé d'aquarelle. Signé : *M. D.* Encadré.

DEZAUNAY

132. — Noce à l'Ile aux Moines (Morbihan). Aquarelle signée. Encadrée.

132 bis. — Bretonnes. Aquarelle signée. Encadrée.

ECOLE ANCIENNE

133. — Un Bœuf, attribué à P. Potter. — Etude de soldats, par Huchtemburg. Deux dessins.

134. — Résurrection de Lazare. — Adoration de Mages. — Triomphe de la Religion. Quatre dessins par ou attribués à Schut, C. Ferri, le Parmesan.

135. — Paysages. Cinq Dessins par ou attribués à Martin de Vos, Cabel, Bazzicaluva, S. Ruysdaël.

136. — Académies. Sept dessins par Verdier, N. Bertin, Van Loo, etc..

ECOLE FLAMANDE

137. — La Danse au village. Peinture. Encadrée.

ÉCOLE FRANÇAISE

138. — Innocence et Amour. — Croquis pour médaille. — Études de figures. Cinq dessins ou croquis par ou attribués à J. Vernet, Stouf et un anonyme.

ÉVRARD (Capitaine Eugène)

139. — Costumes militaires allemands. Huit dessins à la plume lavés d'aquarelle. Signés.

FAIVRE (Abel)

140. — *Ta mère trouve comme moi, que tu as eu mauvais goût de te déguiser en souteneur.* A la plume. Signé.

GALLICE (L.) et CHETMONSKI

141. — Char de Déguisés. — Scène de Pillage. Deux dessins.

GIRIEUD

142. — Soleil couchant à Marseille. Peinture. Signée. Encadrée, sous verre.

GOTTLOB (F.)

143. — Pierreuses (effet de nuit). Pastel signé. Encadré.

GRANIÉ et PERRIN

144. — Quarante-trois études et croquis pour des compositions religieuses, la plupart signés.

GROUX (Henry de)

145. — Dante et Virgile aux Enfers. Peinture, signée.

145 bis. — Hiboux. Peinture, signée.

GUYS (Constantin)

146. — Les deux Femmes assises. A la plume, lavé de bistre.

147. — Au Foyer. A la plume, lavé d'encre de chine.

148. — L'Equipage et le cavalier. A la plume, lavé d'encre de chine.

149. — A la Terrasse d'un café. A la plume, lavé d'encre de chine.

150. — Les Honneurs militaires rendus à un équipage royal. A la plume, lavé d'encre de chine.

151. — Équipages se rendant au bois. A la plume, lavé d'encre de chine.

152. — Un Équipage Royal. A la plume, lavé d'encre de chine.

153. — Horizontales en promenade. A la plume, lavé d'encre de chine.

154. — En promenade. A la plume, lavé d'encre de chine.

155. — Intérieur de brasserie. A la plume, lavé de rouge et d'encre de chine.

156. — Jeune homme conversant avec deux femmes. A la plume, lavé d'encre de chine et de tons bleutés et bistrés.

157. — La Promenade. A la plume, lavé d'encre de chine.

158. — La Promenade publique. A la plume, lavé d'encre de chine. Curieux dessin remontant aux environs de 1830.

CONSTANTIN GUYS

159. — Intérieur de café. A la plume, lavé d'encre de chine.

160. — La Fille assise. Aquarelle.

161. — Conversation autour d'un équipage arrêté. A la plume, lavé d'encre de chine.

162. — Les Cavaliers. A la plume, lavé d'encre de chine.

163. — Femmes se rendant en équipage au Bois. A la plume, lavé de rouge et d'encre de chine.

164. — Le Salon d'une maison galante. A la plume, lavé d'encre de chine.

165. — Promenade en voiture. A la plume, lavé d'encre de chine et de bistre.

166. — L'Équipage du Prince Impérial? A la plume, lavé d'encre de chine.

167. — A la Brasserie. A la plume, lavé d'encre de chine.

168. — Pensionnaires d'une maison galante. A la plume, lavé d'encre de chine.

169. — Les Filles dansant. A la plume, lavé d'encre de chine.

170. — Le Soldat et les deux Filles. A la plume, lavé d'encre de chine.

171. — En Visite. A la plume lavé d'encre de chine.

172. — Scène de Café. A la plume lavé d'encre de chine.

173. — Promenade. A la plume lavé d'encre de chine.

174. — L'Officier suivant un équipage. A la plume, lavé d'encre de chine.

175. — Les Filles assises. A la plume lavé d'encre de chine.

176. — Pourparlers. A la plume et au crayon avec lavis.

177. — La Promenade. A la plume, lavé d'encre de chine.

178. — Dans le salon d'une maison galante. A la plume, lavé d'encre de chine.

179. — Les deux Femmes se dirigeant vers un fiacre. — Laquais conversant. Deux dessins lavés d'encre de chine.

ITURRINO

180. — Paysans bretons. Pochade à l'huile, signée. Encadrée.

LANÇON (Auguste)

181. — Chemin creux. Belle étude à la mine de plomb.

LÉANDRE (Ch.)

182. — Charge féminine. Au crayon noir, signé. Encadré.

LEGRAND (Louis)

183. — Le Champagne. A la plume, signé. Encadré.

LOBEL

184. — Femme à la fenêtre. Important pastel, signé. Encadré.

MARVAL (J.)

184bis. — Jardin du Luxembourg. Peinture, signée : *J. M.* Encadrée.

MONNIER (Henry)

185. — Etudes et Croquis. Cinq dessins.

185bis. — Bavardage chez la Portière. A la plume, lavé d'aquarelle.

MORÉNAS

186. — Paysage d'automne. Grande toile, signée.

MORIN (Edmond)

187. — Anniversaires. A la plume sur papier Gillot. Signé.

MURER

188. — Soleil couchant. Pastel signé. Encadré.

ORANGE (Maurice)

189. — Napoléon en Égypte. Aquarelle signée et datée (1895). Sous verre.

REDON (Odilon)

190. — Visions. Deux importants dessins au crayon noir, signés. Encadrés.

ROBBE (Manuel)

191. — Faneuses. Pastel, signé. Encadré.

ROPS (Félicien)

192. — Le Pêcheur. A la plume avec frottis de crayon noir. Signé des initiales.

SCOTT (Georges)

193. — Les Cigarières (Madrid). Au lavis d'encre de chine avec rehauts de gouache. Signé.

STEIN (Georges)

194. — La Place St-Germain-des-Prés. Aquarelle. Signée. Sous verre.

STEINLEN (R. A.)

195. — La Blanchisseuse. Au crayon noir rehaussé de pastel. Signé : *St.* Encadré.

SUNYER

196. — Au Moulin-Rouge. Important dessin à la sanguine. Signé et daté (1899). Encadré.

TEN CATE

197. — Château d'Espagne. Pastel signé et daté (1898). Encadré.

VIERGE (D.)

198. — La foule sur les Boulevards le soir de l'Incendie de l'Opéra-Comique. — Croquis divers. Cinq croquis à la mine de plomb.

VILLON (JACQUES)

198 bis. — Causerie. Aquarelle signée et datée (1900). Encadrée.

WILLETTE (ADOLPHE)

199. — Allégories diverses. Cinq croquis, quatre exécutés au crayon bleu, signés.

YVON (Adolphe)

199 bis. Deux Cuirassiers. — Dessin à la sanguine,

ZUBER-BUHLER

200. — L'Aurore. Important dessin au crayon noir, encadré.

201. — Sous ce numéro il sera vendu par lots ou séparément des peintures, aquarelles et dessins par Lobel, Matisse, Sunyer, L. Collin, Baïlo, Nonell, Heidbrinck, L. Vallet, etc, une attribuée à Monticelli.

202. — Sour ce numéro il sera vendu par lots, environ 8.000 estampes et dessins anciens et modernes.

www.ingramcontent.com/pod-product-compliance
Ingram Content Group UK Ltd.
Pitfield, Milton Keynes, MK11 3LW, UK
UKHW020227180726
13838UKWH00005B/2226

9 782329 445946